FLAVIO KAUFFMANN

UM, DOIS, TRÊS...

© Pingue Pongue Edições e Brinquedos Pedagógicos LTDA
© Flavio Kauffmann, 2023

Produção editorial
Pingue Pongue Educação

Capa, projeto gráfico e ilustrações
Flavio Kauffmann

Dados Internacionais de Catalogação na Publicação (CIP)
(Câmara Brasileira do Livro, SP, Brasil)

Kauffmann, Flavio
    Um, dois, três / Flavio Kauffmann ; [ilustrações
do autor]. -- Barueri, SP : Pingue Pongue Educação,
2023. -- (Coleção Experiências)

    ISBN 978-65-84504-37-0

    1. Educação emocional 2. Literatura infantojuvenil
I. Título. II. Série.

23-160264   CDD-028.5

Índices para catálogo sistemático:
1. Educação emocional : Literatura infantil 028.5
2. Educação emocional : Literatura infantojuvenil
        028.5

Eliane de Freitas Leite - Bibliotecária - CRB 8/8415

Pingue Pongue Edições e Brinquedos Pedagógicos LTDA.
Avenida Sagitário, 138, 108ª, Sítio Tamboré Alphaville,
Barueri-SP, CEP 06473-073
contato@pinguepongueeducacao.com.br

www.pinguepongueeducacao.com.br

Livro adaptado com o
Sistema de identificação
de cor ColorAdd.

Dedico este livro a todos que passam dos limites.

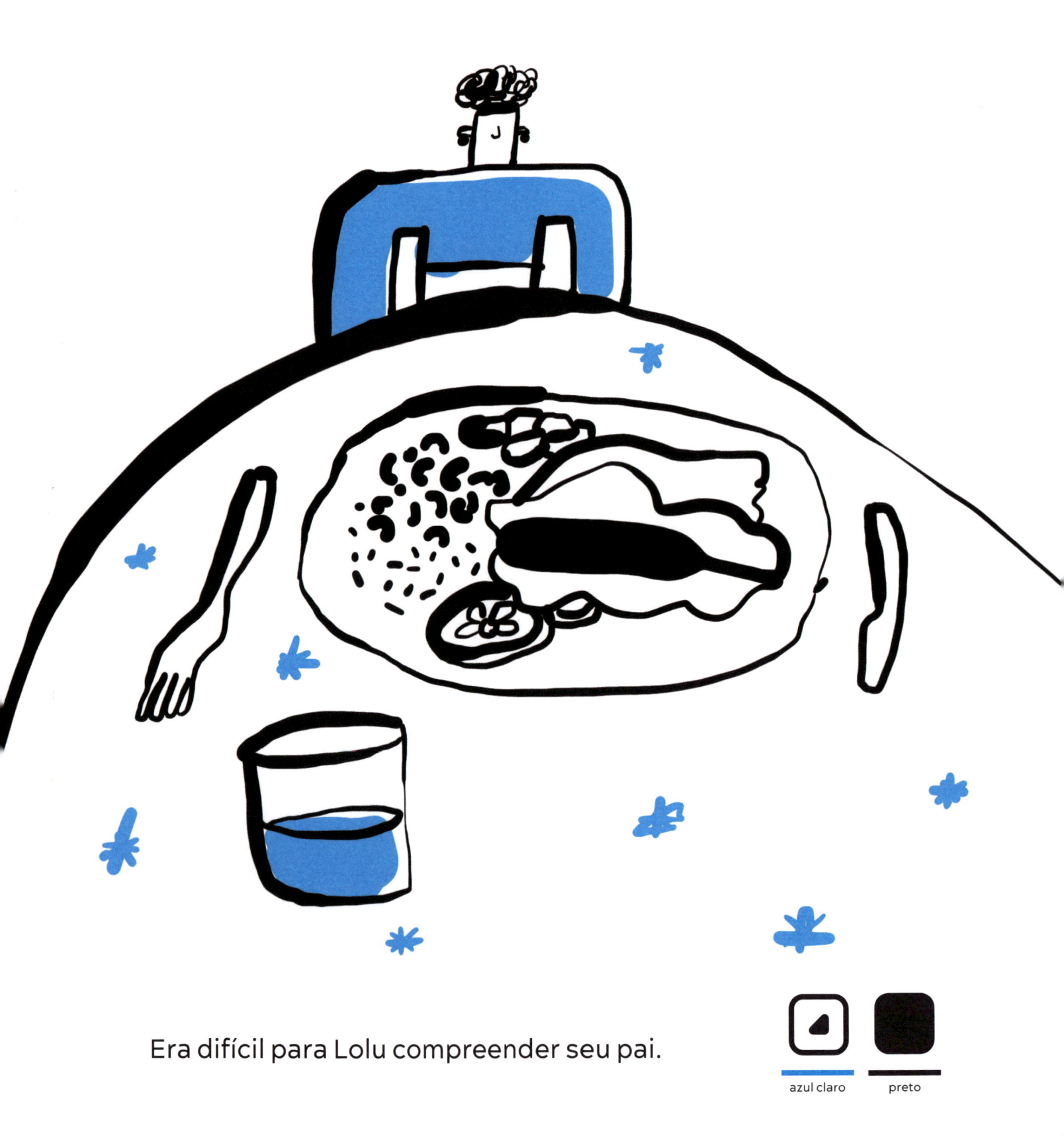

Era difícil para Lolu compreender seu pai.

azul claro   preto

Às vezes, ela não entendia nada do que ele estava falando.

Ela não entendia por que ele não gostava de correr
e que outras pessoas corressem.

Ou por que ele se preocupava tanto com mãos lavadas.

A menina não fazia ideia de por que os ouvidos de seu pai eram tão sensíveis.

E nem de por que ele achava tão feio olhar para a verruga da vizinha.

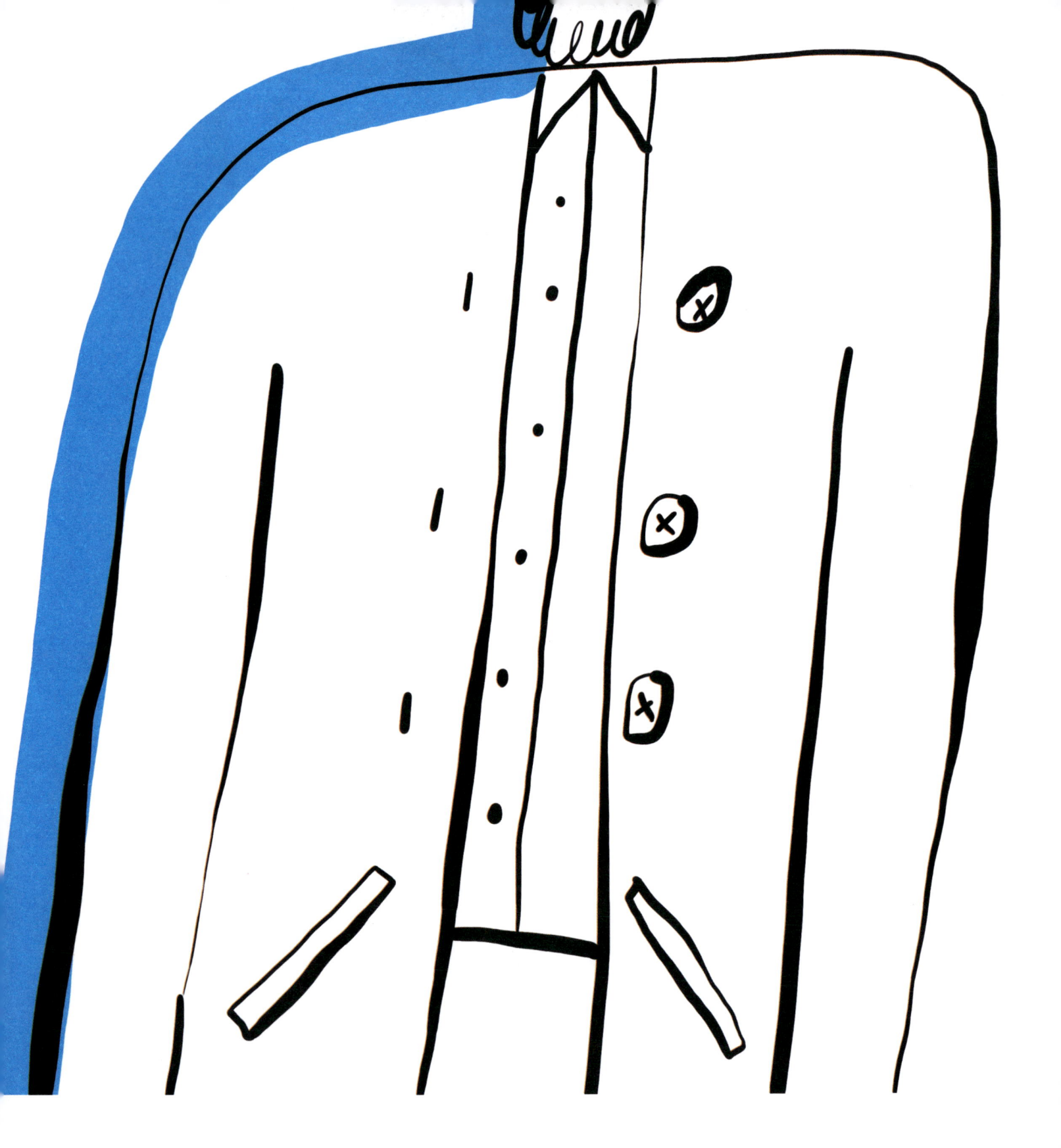

E, principalmente, acima de tudo, Lolu não compreendia as roupas que ele usava. Ela não entendia a cor chata daquele casaco de botões.

Muito menos aqueles sapatos, meias e calças tão estranhos, que nunca se sabia onde terminava um e começava o outro.

Um dia, durante o almoço, Lolu estava brincando de balançar a cadeira, quando seu pai apontou com o garfo e disse: –Lolu, pare de balançar! –Lolu escutou, mas estava se divertindo muito. Ela não conseguia parar.

—Lolu, já disse para parar. Você pode se machucar. —Mas Lolu se divertia tanto, que tudo que podia fazer era balançar mais e mais forte. —Lolu, vou contar até três, se não parar com a cadeira até o três... vai ficar de castigo.

Lolu não entendeu o que ele quis dizer com castigo, mas aquilo lhe parecia muito desagradável. Ela balançou para um lado e o pai: –Uuum... Ela balançou para o outro, pensando que ele não seria capaz e então ouviu: –Dooois...

Aterrorizada com o "três", Lolu endireitou imediatamente a cadeira.
O pai continuou comendo, como se nada tivesse acontecido.

No dia seguinte, Lolu quis experimentar a comida do cachorro. –Lolu, não pode comer a ração – gritou seu pai da cozinha. Lolu queria muito saber o gosto – Lolu, uuum… – começou o pai. A menina rapidamente cuspiu tudo.

O pai de Lolu não era uma pessoa ruim, mas às vezes estava cansado e outras não tinha tempo de explicar exatamente o que estava acontecendo.

Por isso, cada dia que passava...

Ele usava mais e mais seu "um, dois, três."

O problema é que o poder do um, dois, três subiu à cabeça do pai e, com o tempo, Lolu não podia fazer mais nada. Qualquer brincadeira agitada, pulo mais alto ou choro mais longo, seu pai já iniciava a contagem.

Semanas depois, a mãe de Lolu foi medi-la na porta como fazia todos os anos. Ela estranhou que Lolu estava menor do que a última marcação. O pai sugeriu que talvez tivessem medido Lolu errado no ano passado.

No mês seguinte, as roupas de Lolu pareciam ter esticado.
–Claramente um problema no detergente de lavar roupas.–
O pai solucionou rapidamente.

Aos poucos, a família percebeu que Lolu estava cada vez menor.
Já não alcançava o vaso sanitário, não conseguia ver por cima da mesa
e o cachorro da família quase a comeu por engano duas vezes.

Um dia, o pai de Lolu foi ver se ela estava dormindo bem e não a achou na cama. Ele acendeu a luz, levantou o cobertor, o lençol, o travesseiro e nada de sua filha.

Desesperado, ele acordou todos, gritando:

–Lolu, Lolu, Lolu?!

Na verdade, Lolu não havia sumido. É que com tantos "nãos" e "não podes",
Lolu foi se diminuindo até ficar menor que uma pulga e seu pai não conseguiu
mais enxergá-la.

Muito triste, o pai de Lolu sentou em uma cadeirinha no quarto dela e começou a chorar. Ele foi devagarzinho inclinando a cadeira para trás até perder o equilíbrio e cair.

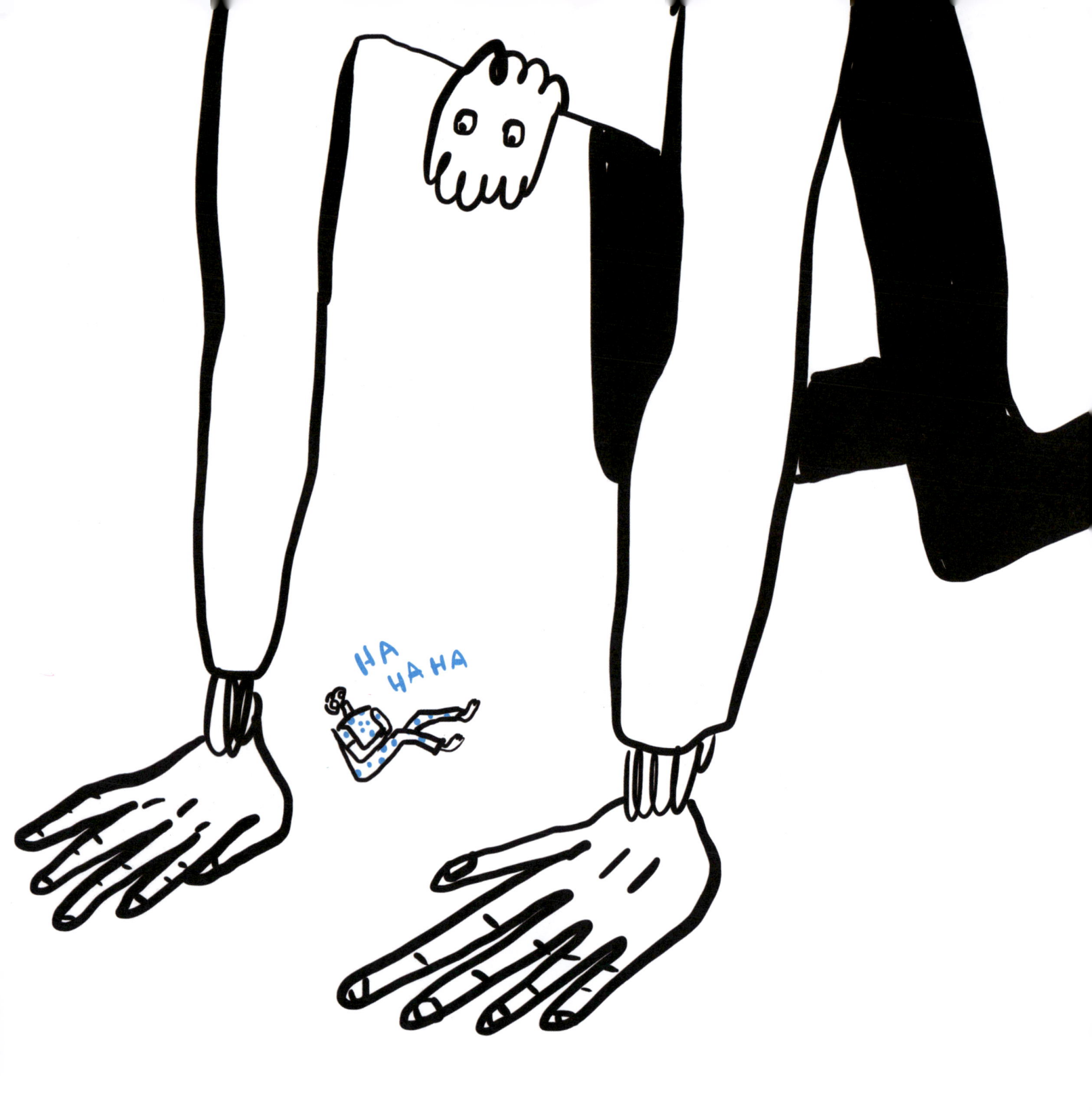

Nesse momento, um riso bem baixinho saiu da cama de Lolu.
Quando o pai olhou para lá, viu sua filha, agora um pouco maior,
do tamanho de uma lagartixa.

Ele trouxe ração do cachorro para comer no quarto e ela cresceu ainda mais.
Ele fez cinco esculturas de purê velho da geladeira e tomou banho de pijama
enquanto brincava com insetos.

Ao ver seu pai todo lambuzado e cheio de bichinhos pelo corpo, Lolu caiu na gargalhada e rapidamente voltou ao seu tamanho original.

O pai abraçou Lolu e se desculpou, disse que existiam coisas que ela podia fazer e que outras não. Ele a explicou que às vezes ficava confuso e era difícil diferenciar uma coisa da outra.

A partir daquele dia, o pai de Lolu continuou contando... Até 10.

E então ele respirava, se acalmava e conversava com ela sobre como é viver.
Sobre erros, acertos, aprendizados e outras coisas mais.
Como todos os pais deveriam fazer.

O ALFABETO DAS CORES

O Daltonismo é uma condição que afeta aproximadamente 350 milhões de pessoas em todo o mundo*.

Consciente dessa realidade, e mantendo o compromisso de levar uma comunicação plena e acessível para todos, a Pingue Pongue Educação traz a codificação das cores presentes nesta obra - azul claro e preto -, a fim de tornar mais confortável o acesso por pessoas com daltonismo, ou baixa visão.

ColorAdd é um sistema de identificação de cores, uma linguagem universal e de fácil aprendizagem.

O código desenvolvido tem como base as três cores primárias (azul, vermelho e amarelo), representadas por símbolos gráficos. A partir desses três símbolos, o código permite, por meio do conceito de adição das cores, relacionar os símbolos e identificar toda a paleta.

APRENDENDO O CÓDIGO

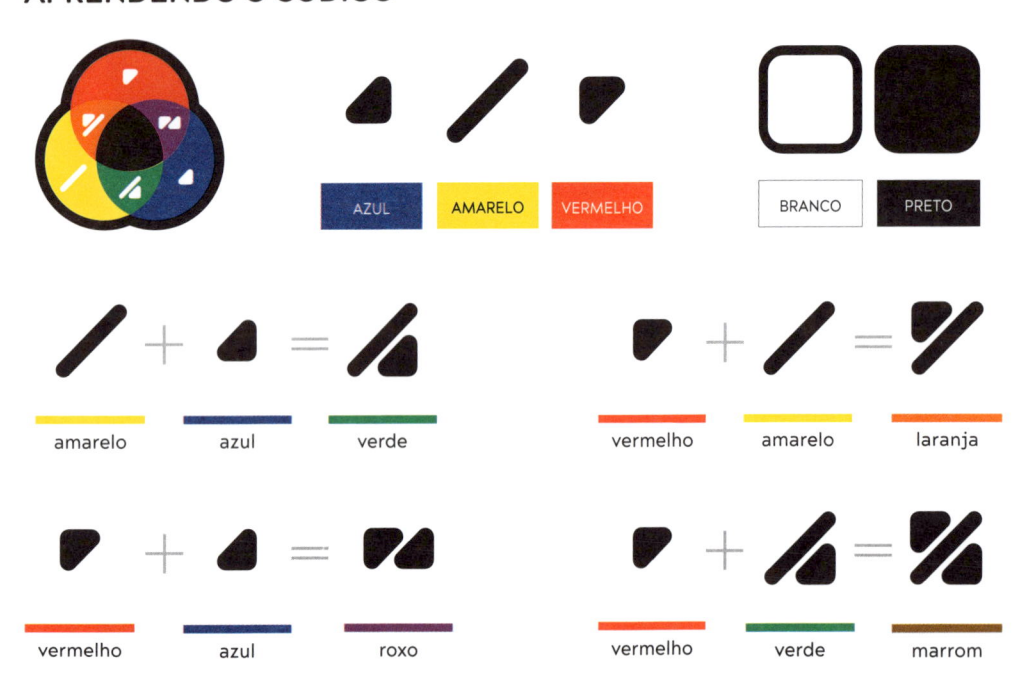

TONS CLAROS

Para identificar os tons claros e escuros, o branco e o preto são adicionados:

ColorAdd™ / Copyright Miguel Neiva 2016

FLAVIO KAUFFMANN

Oi, sou o autor e ilustrador deste livro. Desde muito pequeno sou apaixonado por histórias, lidas, escutadas, vividas ou imaginadas. Acredito que se observarmos com atenção, o mundo ao nosso redor está repleto de narrativas incríveis, e é justamente daí que tiro as minhas obras. Eu gosto de abrir o olho embaixo d'água, observar plantas que crescem em fendas no concreto e de ajudar besouros virados no chão. Caso você queira falar comigo, me procurem no Instagram @flaviokauffmann.

COLEÇÃO EXPERIÊNCIAS

A Coleção Experiências tem como proposta construir um espaço seguro, onde as pessoas leitoras possam experimentar com autonomia a elaboração de temas dolorosos. Incentivando, assim, o pensamento crítico sobre as situações diversas da vida. *Um, dois, três...* nos convida a refletir sobre o autoritarismo. Os outros títulos da coleção são: *Tchau, Mixirica!*; *O vaso preferido da casa*; *Micala, a caixa que fala* e *Pamão Pamateia.*

Este livro foi composto em Acherus Grotesque
e impresso em agosto de 2023.